살어리랏다

박일만 시집

살어리랏다

달아실 시선
45

달아실

일러두기

1. 본문에서 하단의 〉는 '단락 공백 기호'로 다음 쪽에서 한 연이 새로 시작한다는 표시이다.
2. 보조 용언과 합성 명사의 띄어쓰기 등 본문의 맞춤법은 시인의 의도에 따른 것임.

시인의 말

육십령은 덕유산 남쪽에 있다.
그 아래 내 고향은 육십령을 업고 산다.
호랑이 담배피던 시절 얘기가 전해지는 오지 중에 오지다.
사람들의 발길 닿기가 쉽지 않은 마을이다.
내가 어렸을 때에는 마을이 여럿 있었고 사람들도 많이 살았다.
초등학교도 분교를 둘 정도로 융성했었다.
사람들은 화전을 일구거나 광부 일로 살았는데
산업화와 더불어 도시로 떠나고 지금은
전화번호부에 등재된 사람이 겨우 두세 가구일 정도이다.
빈집은 늘어가고 노인들만 사는 마을,
인구가 줄어들자 면소재지가 이웃면과 통합되고
학교 건물은 오래전부터 풍장을 겪고 있다.
일제가 호랑이를 다 잡아가고도 모자라 광물을 수탈해 가고
민족상잔 때 치열한 전투도 겪었던
아픈 역사를 고스란히 기억하고 있는 마을,
사람은 적고 꽃들은 지천인 거기에 뼈를 묻고 싶다.

2021년 가을

박일만

차례

살어리랏다

2부

3부

4부

1부

육십령 1

큰 산과 작은 산이 어깨 겯고
몸을 바투 섞고 사는
덕유와 백운 사이
고라니와 산토끼가 주인이다

옛날에는 호랑이와 산적들이
이쪽과 산 너머 고을을 가로막고
세금을 톡톡히 챙겨 갔다는, 그래서
육십 명이 손잡고 넘었다는

이무기가 승천하듯
구불구불한 몸으로 오르는 등성이에서
뻐꾸기가 마을의 적막을 깬다

봄에는 안개에 눈썹이 젖고
여름에는 굵은 빗줄기에 온몸 매맞고
가을에는 찬바람이 나무의 뺨을 후려쳐
벌겋게 물들게 하고
겨울에는 하얀 융단을 깔아 길을 내주는
〉

삶이라는 것이
가파른 고갯길을 수없이 오가는 거라며
인간들의 태생을 넌지시 일러준다

육십령 2

겨울이 막 떠난 논밭에 들불을 지피며
자운영 꽃이 피었지
산속 토끼들도 배가 고프던 시절
분홍빛 튀밥이 지천으로 터지고
꽃밭에 누워 나는 시장기를 몰래 달래곤 했었지
자운영이 한창일 무렵이면
게으른 소를 앞세워
남의 논 써레질 품팔이를 하시던 아버지 곁에서
나는 종아리에 붙은 거머리에게
싱싱한 피를 나눠주곤 했었지
파랗게 펼쳐진 하늘에서 공중돌기를 하며
강남제비가 돌아오는 봄날이면
자운영! 제 몸을 꺾어
다디단 향내를 땅속 깊이 묻곤 했었지

육십령 3

작년에 쓰러진 왕소나무가 도랑 위에 몸을 뉘었다
상처 입고 가슴께가 움푹 파였다
바람 많은 세상 건너느라 잔기침하고 폐를 앓은 탓이다
끝내 탯자리를 못 떠나고 핏기 가신 몸으로
마르고 삭고 있다
마을의 성쇠를 수백 년 지켜본 왕소나무
해마다 잡새와 부엉이 새끼를 쳤는데
사람들은 떠나고 더러는 죽어서 선산에 묻히고
마을은 텅 비어가는데
사람들의 이름을 기억하고 또 잊기도 하면서 살았는데
어느 날, '꿍' 소리 내며 굵고 짧게 쓰러졌다
죽어서도 못 떠날 고향에 몸을 묻었다
물소리도 문상하듯 울음을 참으며 아랫녘을 흘러갔다

작년에 쓰러졌던 어르신 끝내 돌아가셨다

육십령 4

사람 없는 마을에서 개들이 짖습니다
몇 안 되는 사람들이 들일 나가고 나면
주인인 척 개들은 어깨에 힘이 들어가서
낯선 이가 들면 목이 터져라 고자질합니다
그러거나 말거나 무시해도 막무가내입니다

마당 한 켠에 낮게 줄쳐놓은 꽃밭에는
꽃 대신 잡초가 주인입니다
향기도 없는 녀석들이 무리 지어
향기를 날리는 척 몸을 흔들어대지만
잡초는 잡초일 뿐 어림도 없습니다

사람 따라 도회지로 나가서
고양이가 사라진 빈집 마루 밑에서는
쥐 떼들이 해마다 운동회를 하고
곡식이 모자란다며 땅굴을 파댑니다

나는 고갯길을 멀찌감치 바라보며
그래도 너희들이 있어 심심치 않다고

그래도 너희들과 더불어 산다고
슬쩍 눈감아줍니다

긴 듯했던 고갯길이
내려올 때는 짧아 보이는
그런 시절입니다

육십령 5

골목을 몇 바퀴 돌아도 적막하다

빈집은 스러져가는데 마당에 꽃은 폈다

작년에 돌아가신 이모님이 이승을 떠도시는지

생시에 심어놓은 꽃들만 마당에 가득하다

봉숭아꽃이 마지막 피를 토하고

꽃무릇이 손톱으로 하늘을 할퀸다

남겨진 사람들의 모습은 흑백이다

진달래
— 육십령 6

춘삼월이면 온다

연분홍 저고리를 나풀거리며
눈썹 가늘게 그리고 온다

봄 한때
저 여자의 애인이 되고 싶다

아직은 나이 어려서
풀 향기 나는 젖가슴에 얼굴을 묻고
꽃가루를 듬뿍 묻혀도 좋겠다

왼종일 여자와 산속을 헤매고 싶다

동장군이 가실 무렵이면
영락없이 고개를 넘어 찾아온다
〉

양지골 숲속에 숨겨두고

나 혼자만 몰래 만나고 싶다

꽃밭 두 채
— 육십령 7

찬바람 물러난 자리마다
움츠렸던 관절이 기지개 켠다

긴 겨울을 건너온 두 노인
빗살무늬 몸에 봄볕을 가득 들이고
제각기 가꿔온 꽃밭을 주고받는다

김노인은 둘째 아들 승진 소식에 부풀고
박노인은 갓 태어난 손주 녀석 눈망울 모셔놓고
꽃숭어리, 꽃숭어리 피어난다

뭉텅뭉텅 꽃 터지는 영嶺 아래 봄

사방으로 나비 떼,
마을이 환하다

빗진 봄
— 육십령 8

동네를 몇 바퀴 돌아도 심심했지
애꿎은 검둥이만 걷어차고 언덕으로 치달으면
제비꽃, 날개 들어 기지개 켰지

어른들이 들일 나간 텅 빈 마을
제비가 식솔들 앞세우고 돌아오느라
하늘에 대고 동그라미 치는 날은
할미꽃, 뫼똥 같은 미소를 종일 날렸지

방직공장으로 돈 벌러 간 나이 어린 누나는
꽃잎이 다 져도 돌아오지 않았고
남풍만 서슴없이 불어왔지
그때도 개나리, 노랗게 떼 지어 다녔지

끌어다 쓴 영농자금이 빚으로 쫓아다니고
넉넉지 않은 가세로 혼인 않고 살다가
십수 년을 건너 혼례를 치르시던 부모님
진달래, 정말 붉은 고백이었지
〉

기다리면 기다릴수록 하루해가 길쭉했던
내 아릿한 초상肖像
이제는 뒷모습도 안 보여주는 이왕지사

빈집
— 육십령 9

화장기 없는 꽃들이 모가지 내밀고
삼삼오오 몸 묶고 서 있다
봄볕에 기다림이 석 자나 자라난다

마당가에 버려진 세간들이
서로의 생채기에 대고 입김을 불어준다

어디선가 나타난 들고양이 한 쌍
봄을 타는지
애정행각에 한창 열을 올린다

발밑에선 잡풀들이 아프다! 아프다고
내 발목을 휘감으며 소리친다

미처 떠나지 못한 겨울바람 한 뭉텅이
지붕을 한 번 냅다 들었다 놓고
휑하니 간다
〉

따뜻한 봄날이 평상에게 낮잠을 청하자
낮달이 먼저 와서
제 집인 양 늘어지게 자고 간다

묻지 마라, 봄
— 육십령 10

몰래 여자를 두고
밭 갈고 씨 뿌리고 싶은 날이다

제때 싹이 날지 모르게 삭은 몸이지만
그래도 한 번쯤은
지나온 인생여정 다 펼쳐놓고
무참히 불 지르고 싶은 날이다

싹이 돋으면 요행이겠으나
여의치 않더라도
더 늦지 않게 사랑 하나 몰래 두고
고목에 꽃피우고 싶은 날이다

일생 동안
몇 번의 사랑은 훈장 같은 거

평생 동안
몇 번의 이별은 피딱지 같은 거
〉

알몸바람으로 어슬렁거려도
불경스럽게 여길 사람조차 없는 산촌에 묻혀
끓는 피에 한사코
장작불 때고 싶은 날이다

꽃이 목매달기 좋은 날
— 육십령 11

앞산 비둘기가
그늘에 앉아 짝을 찾으며
한 번만 하잖다
금년에는 맑은 날이 많아
꽃도 저마다 흐드러졌는데
사람은 드물다
인적 드문 마을에서
한 번만 한 번만 하잖다
늘그막에 홀몸으로 귀향해 사는 친구
듣기 민망하여
하던 일 제쳐두고
딴청 피우기 딱 좋은 날이다
저절로 손이 아랫도리로 간다

산골散骨
— 육십령 12

삼십 대 꽃다운 나이에 상처하고
구순까지 수절하다 돌아가신 큰이모
큰아들 산소 옆에 뿌려달라 했다

까맣고 작은 체구로 평생을 홀로
일궈온 밭가에 들여앉힌 아들 산소에서는
먼발치에 남편 산소가 잘 보였다

태어나 한 번도
외지에 나가본 적 없는 이모는
가슴에 큰 돌멩이 두 개를 안고 사셨다

뼈를 묻지 않고
가루가 되어
언제나 이쪽과 저쪽을 왕래하시는지
남편과 큰아들 산소 사이

볼 때마다 흰나비 한 마리 날아다녔다

육십령 여자
— 육십령 13

하루에 고작 차 몇 대가 붕붕거리는
육십령 날망에서 구름 조각 팔며 산다

사람 기다리는 일에는
차 한 잔만큼 찬란한 게 없다

갑장인 나랑 친구 먹자고
대뜸 악수를 청하는 여자

기다리는 건 손님이 아니라
십수 년 전 고개를 넘어간 구름이란다

비 내리고 선산 살갗이 벌겋게 벗겨지던 날
밥 벌러 도회지로 떠나간 사람

마을에 사람은 줄고, 땅값은 뛰고
사이비 단체가 마을 땅을 모조리 사들였다는
〉

그래서
터를 잃고 고개를 비척비척 넘어간 사람
산 그림자를 닮아 우직했던 사람 기다린단다

육십령 고개에 군청 땅 임대받아
휴게실 열고
구름 조각 얹어 커피 파는 여자
돌탑처럼 반듯한 여자

육십령 까마귀
— 육십령 14

도시처럼 공기 나쁜 곳에서는
때려 죽여도 못 산다

그러고 보니 저 녀석 어디서 본 듯하다

일 년 내내 목욕 한 번 안 하고
손등 발등에 땟국물이 좔좔 흐르던
나였구나 어릴 적

도시에서 수십 년 살다보니
폐 속 깊숙이
질 나쁜 공기가 집을 짓고 사는 몸이다

이제 사그라져가는 신세다

저 까마귀 옛날에도 나였고
지금도 나로구나

꽃거울
— 육십령 15

산에 피는 꽃이나 들에 피는 꽃이나
환하다
저마다 피어나 향기를 뿜어댄다
가시 돋친 나무도 꽃을 피우면
가시는 더 이상 가시가 아니다
꽃의 파수꾼이다
얼어붙은 땅속의 묵은 때를 털어내고
폭설에 꺾인 모가지의 상처를 쓰다듬으며
제 속에 씨앗을 품으며 핀다
산비탈과 벼랑에서 아슬아슬하게 버틴 계절이
저렇게 화사한 몸으로 왔다
꽃들은 한 시절에 피어나도
꽃들은 서로 얼굴을 다투지 않는다
산꽃은 산꽃대로
들꽃은 들꽃대로
옆에 꽃을 흉내내지 않는다
지천으로 피어난다 해도 다 생이 다른데
사람들만이 제 모습을 남에게 비추어
초라하게 피었다 진다

2부

상사화
— 육십령 16

청상과부였던 병식이네 큰고모가
칠 남매를 알뿌리처럼 키우던 때
꽃도 영락없이 뿌리를 키웠겠지요

가슴에 터를 마련하고
수십 년 애지중지 가꿨겠지요

재작년에 간암으로 돌아가신 후
더 이상 꽃을 볼 수 없지요

잎과 꽃이 영영 못 만나
일 년 내내 가슴앓이를 한다는 꽃이
주인을 잃고 나서 흔적 없이 사라졌지요

빈집에 저희끼리 남아 있기 난감했던지
꽃은 알뿌리를 몽땅 데리고
어디론가 자취도 없이 이사를 갔지요

무밥
— 육십령 17

나 어릴 적
보릿고개가 오면 어머니는
무밥을 자주 하셨지

시커먼 보리밥 위에 얹힌
잘게 썬 무는
흰 배추벌레 같았지

들척지근한 맛이 싫어 나는
시시때때로 투정을 부렸지

양념간장에 비벼먹는 그 맛이
삶이고 생이라는 것을
미처 몰랐던 시절이었지

귀울음
— 육십령 18

누군가 울고 있다
밤낮없이 소리치며

배가 고프다고도 하고
외롭다고도 하고
보고 싶다고도 한다

도회지에 나가 살던
어둡고 막막했던 시절부터
무료로 세 들어 살며
나를 온통 지배한다

잠도 없이 매양 울어대는 그이

어딘가 모르게 허술한 생을 붙들고
수십 년째 출구를 찾아 소리치고 있다

노동은 위대하다는 정부의 구호에 따라

노동밖에 길이 보이지 않던 유년시절
공장 기계 소리와 함께 내 머리 속에 들어온
그가 아직도 울고 있다

고향 집에 돌아와 누워도
귓속에서 내 유년이
서러워하고 있다

띠

— 육십령 19

내 생년은 개띠다
베이비 붐 세대 중 대표적인 띠이다
직장에 출근하면 영락없이 개가 되어
호적대로 살아간다
하지만 그것은 오류이다
까막눈이던 아버지가 마을 이장에게 간청하여
여섯 자식을 한꺼번에 출생신고를 한 덕분이다
아니 때문이다
나는 돼지인데 그때 개가 된 것이다
일자무식에 목구멍이 포도청이던 시절
오죽하면 대리 신고를 했으랴 싶지만
내 마음 속에는 늘 돼지가 거주했다
직장에서는 어쩔 수 없이 개로 살지만
집에 오면 부모님의 귀여운 돼지 새끼다
사는 게 그렇듯 우리 아버지
육이오동란 후유증으로 뒤죽박죽 사시다가
한 울타리 내에 가두어놓고 사시다가 문득,
학교 보낼 즈음 육 남매를 호적에 올리시면서

얻어낸 시대의 산물인 것이다
오류투성이인 내 삶과 생년이 뒤바뀐 이 사건은
숫제 대한민국의 역사적 오류이다

아버지의 자전거
— 육십령 20

구순 넘도록 손 놓으신 적 없다
정신 줄 하나로 버텨 오셨다
눈 감고도 고향 마을 쉬이 그리신다

산을 두르고 놓인 논과 밭
내를 앞세운 초가와 마당
흐린 기억 속에서도 선명한 고향 집
가슴속에 묻어둔 실향의 아픈 상처

귀향의 깃발 뒷자리에 꽂고
두 바퀴 굴리며 타향을 맴돌고 계신다

- 나이 들수록 다리를 튼튼하게 해놔야 갈 수 있단다

휘청거리는 다리로 노를 젓듯 근육 단련 한창이시다
가고 싶은 곳 많지만 두 다리는
'평안남도 강서군 증산면 반룡리 2구 박창희 씨 댁'을
향한다
〉

남과 북이 정상회담을 하는 호시절
아버지 다리가 꿈틀대는

오늘도
페달을 힘껏 밟으며 동네 한 바퀴 돌아 오신다

늙은 거북
— 육십령 21

강둑을 천천히 오르며
천 년을 산다는 거북
오늘도 마을 어귀 지키고 계신다
호방하던 웃음은 가신 지 오래
두 눈은 우멍하시다
산 노루를 잡아
마당에 내던지던 소싯적 그리시는지
먼 곳에 머문 눈동자가
가뭇가뭇 떨리듯 아득하시다
온몸이 흙터인 거죽으로
눈만 껌벅이는
폐가 한 채,
아버지

약발
— 육십령 22

노구의 아버지
한창때 아침 반찬 달라지던 힘 다 빠지고
이제는 삼첩반상 받으신다

우렁차던 목소리,
왕성하던 몸동작도 숙연해지고
누에보다 웅크린 자세다

강물 거스르며 고기 잡던 열정도 식었고
발목 잠기는 물살에도 엉거주춤하는

밥사발이나 비우시던 혈기 사그라지고
공깃밥이나 축내는

흐르는 세월 탓도 있겠으나
쓸데없는 데다 힘을 부린 연유도 있겠으나
기실 식솔들 목구멍 거미줄 걷어내려고
동분서주한 까닭이리라
〉

지금은 젖은 낙엽이 되어
어머니 뒤를 졸졸 따라 약수 뜨러 다니는
백발의 아버지

겨우 삼첩반상으로 만족해하신다

입관
— 육십령 23

서너 평 집은 적막하다
서까래가 기울어져
토굴 같은 몸집만 남은 고향 집
거기에서 어머니는 편안하시다
평생을 들어 사신 단칸방
어제도 오늘도 편안하시다
전깃불도 잘 들지 않아
어둠이 먼저 자리를 차지하는,
쪽창도 내지 않아 온통 벽뿐인 방
그곳에서 언제나 편안하시다
뼛골을 빼내 모두 자식들 주시고
깨알 같은 몸으로 살고 계신다
수없이 들고 나신 골방
어머니
입관 연습 중이시다

봉합
— 육십령 24

어머니는 꿰매신다
신접살림으로 장만한 이불을 꿰매고
강산이 여러 번 바뀐 옷을 꿰매고
식구들 해진 양말을 꿰매고
속곳을 꿰매고
깨진 조롱박 바가지를 꿰매고
자식들이 벌여놓은 사건을 꿰매고
잔소리하는 아버지 입을 꿰매고
터져 나오는 울분을 꿰매고
문틈으로 새어 나가는 살림 밑천을 꿰매고
행여 금갈세라
나이 든 자식들의 우애를 꿰매고…

늘
꿰매는 삶이 주제인
어머니

부뚜막
— 육십령 25

마땅히 닦아내야 할 무엇도 없는데
닦고 계신다
어른들 말이 법인 줄 알고 사시던
꽃다운 시절부터
큰 상은 시부모와 남편, 작은 상은 시동생들,
어머니의 밥상은 따로 두지 않았다
몸 쪼그리고 앉아 먹던 울음밥
부엌과 방 사이를 닳도록 드나들면서
짱짱했던 허리도 활처럼 휘었다
여든이 넘어서도
고향 집을 지키시는 어머니
아버지가 생시에 심어놓은 나무만 꿋꿋하다
솥단지 같은 시절을 가족에게 다 퍼주고도
푸성귀 많은 밥상조차 호사스럽다고
눈물로 쓸고 닦고 지켜오신 시골집 부엌
훌쩍 자란 나무가 힐끗힐끗 들여다보는
아득히 온기 사라진 부뚜막

대처에 사는 자식들 기다리시는 어머니
밥상에는 태반이 그리움이다

노모老母
— 육십령 26

팔순 노모가 똥을 싸놓았다
치매는 아니시지만
깜박 잊고
변기의 물을 내리지 않으셨다

젊은 내 똥은 길쭉하나
모친은 동글동글했다

닭이 알을 낳듯
애간장을 태우며 용을 쓰셨을 거다

젊은 시절 자식을 일곱이나 낳으셨으니

사람의 내장도 소싯적을 기억하는지
그때를 추억하듯
여러 개를 동동 띄워놓았다

그렇게 조용히
저승 갈 채비를 하고 계셨다

잔치국수

— 육십령 27

국수를 드신다
무슨 날도 아닌데 자주 드신다
읍내 마트에 가면 얼마든지 살 수 있는
포장 잔치국수
박스 채 사다놓고 시시때때로
잔치를 벌이신다
요즘엔
멸칫국물 내고 면발 삶아 건져내지 않아도
용기에 뜨거운 물만 부으면,
마음만 먹으면 순식간에 잔치를 벌일 수 있다
여든을 훌쩍 넘기신 어머니
자주 잔치를 하고 싶어서인지
친구들과 돌돌 몸 말고 둘러앉아
국수를 드신다
즉석에서 잔치를 베푸시는 거다
금융위기인가 임금동결인가를 구실로
산수연傘壽宴을 못 해드린 게 목에 걸리는 오늘
어머니는 잔치국수를
참 빨리도 드신다

체험기
— 육십령 28

어머니 처녀 적, 그러니까 일제가 범 가죽을 마구잡이로 수탈해 가던 시절, 동무들과 산나물 캐러 삼거리골 깊이 들어갔는데 큰 바위 밑에 범 새끼들이 배가 고파 칭얼대고 있었던 거라, 싸들고 온 밥도 먹이고 안고 어르고 놀아주다 언뜻 보니 멀리 바위 위에서 어미가 넌지시 내려다보고 있는 거라, 어머니와 동무들은 혼비백산 꽁지가 빠지도록 집으로 내달렸는데, 가시에 찔리고 넘어져 온몸이 상처투성이가 되었는데, 아뿔싸! 정신을 차리고 보니 신발 한 짝이 없는 거라, 몸은 아프고 겁은 나고 잃어버린 한 짝 신을 아쉬워하며 온밤을 지새웠는데, 날이 밝아 마당에 나갔는데, 또 한 번 몸서리를 쳤는데, 아! 거기, 삽짝문 아래 신발 한 짝이 얌전히 놓여 있는 거라, 밤사이 어미 범이 냄새를 따라 찾아와서 놓고 간 거라, 범은 본래 영물인지라 은혜를 모르는 사람보다 낫다는 거라, 해코지 안 하면 범도 보은報恩하는 거라, 는 생생한 말씀

오디
— 육십령 29

여름이 오면 똥이 검었다

밥이 귀하던 시절
온 동네 산과 들을 돌아다니며
칡이며 잔대 뿌리 캐 간식으로 삼았다

특히나
오돌개, 라고도 불리던 오디가
여름이 오면 주식이 되었다

나뭇가지가 찢어지도록 따먹었다
배고프지 않았다

가지를 찢고 주인을 피해 달아나다
똥이 마려우면
바위틈에 까맣게 똥을 싸놓고
냇가에서 뒷물을 했다
〉

오디 먹고 싼 똥 속 씨앗들,
씨앗들은 다시 싹이 돋아 뽕나무가 되고
누에가 되고 돈이 되고
귀한 밥이 되던 시절

이제는 돈다발을 함께 묶어서 버려도
거들떠보지 않는 천한 열매가 되었다

닮는다
— 육십령 30

절골 아래 냇가에
엎치고 덮친 돌멩이들
본디 각진 모양새로 태어났을 녀석들
태생도 모르고 저희끼리 즐겁다

살면서 가끔 다투고
질투로 마음 상하고
부대끼며 몽돌이 되었다
서로 닮은 얼굴 보며 늘상 웃는다

명절날
왁자지껄 어린 조카들
모서리를 가느라 치고받고 한창이다
성정을 다듬느라 저희끼리 분주하다

뾰족한 모양새도,
독불장군도 둥글어간다
자갈처럼 모여 자갈자갈 시끄럽다
〉

돌멩이도

아이들도

둥근 마음 포개고 산다

3부

젖 맛
— 육십령 31

나를 낳으시고 어머니는
뱃구레가 하도 허전하여
막걸리를 담가두고 드셨다는데

그 젖을 먹고 자란 나는
불알에 털이 나기도 전부터
마을 당산굿판을 기웃거리며
술을 얻어 마셨는데

맛이 젖 맛인 거였다

삼시세끼 밥보다 다디단
어머니 젖 색 닮은 술을 마시는 날이면
지금도
어릴 적 멋모르고 얻어 마신 술에 취해
들판에서 늘어지게 자다가
별빛 쏟아지는 밤중에 일어나
들꽃 향기를 풀풀 날리며
휘청휘청 집으로 가던 시절이 생각난다

메밀꽃
— 육십령 32

가을이 오면 배가 고팠다
아버지는 장에 나무 팔러 가시고
나는 어머니 등에 업혀 놀았다
오줌 항아리를 텃밭에 내시던 어머니
나는 온종일 종아리를 내놓고 놀았다
업혀 지낸 시절 더욱 배가 고팠고
젖이 돌지 않아
매번 물만 마시던 어머니
달빛이 하얗게 깔리기 시작하면
젖 투정에 칭얼대는 나를 데리고
동구 밖에 나가 아버지를 기다리셨다
하늘에는 소금밭처럼 별이 총총했고
날이 밝자 텃밭으로 쏟아져 내려와
튀밥이 되었다
배고프지 않았다
내 종아리가
꽃대궁처럼 붉게 익어가는 가을이었다

벌통
— 육십령 33

옛날에 토종벌은 산에만 살았다는데

겨울날 외갓집 처마에 들어온 벌 몇 마리
통나무 깎아 넣고 양식도 주셨다는 외할아버지

봄이 되자 벌들이 하나둘 늘어
통을 채우고도 분봉을 수없이 했다는
늘어난 벌통은 가가호호로 퍼져나갔다는
온 마을 사람들 곳간이 가득 채워졌다는

미물인 벌들도 춥고 배고픈 시절 은혜를 갚아
마을이 온통 다디단 꿀향기에 젖어 살았다는

세월은 흘러 외할아버지 돌아가시자
벌들도 이삿짐을 꾸려 정든 집을 버리고
모두 산으로 돌아갔다는

주인을 잃은 벌들

주인과 함께 떠나갔다는 아득한 얘기

오늘날
외갓집도 벌통도 모두 사라졌다는

수구초심
— 육십령 34

수십 년 만에 만난
깨복쟁이 친구
여느 친구들보다 살갗이 검었다
일찌감치 빌딩숲에서 자란 나는
희멀건 색깔이지만 그는 건장한 구릿빛,
애써 살아오는 동안
키우는 소가 친척보다 많다는 친구는
소처럼 눈망울이 순했다
나이 들도록 줄곧 산골에서 살았다는 친구
아직도 간드레 불 밝혀 고동을 잡는다는
그의 가슴에는
도회지 휘황한 불빛이 아니라
개울에서 피어나는 반딧불이가 모여 살았다
소 값을 소 끔이라 부르는 옛 친구
사투리를 표준어로 살아온 그가
나 대신
가난한 고향을 살아내고 있었다

된장부부
— 육십령 35

꿀을 발라서 버려도
개도 안 주워 먹는다는
정치이념이 난무하는 시절
전라도와 경상도를 가르는
육십령 아래
전라도 사내와 경상도 여자가
둥지를 틀었다
사내는 야심차게 육십령을 넘어가서
향내 좋은 여자를 보듬고 돌아왔다
해와 달이 수시로 넘겨다보는 오동리
잎사귀 널따란 오동나무 아래
전라도 콩과 경상도 물로 버무린
된장처럼 익어가고 있다
전라도 씨를 경상도 밭에다 뿌려 거둔
자식들 모두 대처에 남겨두고 돌아와
둘이서 잘 발효되고 있다
고향에 묻을 뼈도 그렇다

배나무 집

— 육십령 36

어머니의 사촌이니 내게는 촌수가 조금 먼 이모는
일찍 사별한 남편 대신
마당가 큰 돌배나무를 의지하고 살았다는데

여름이면 돌배가 후두둑 떨어져 뒹굴었는데
달고 시원한 맛이 일품이었는데

돌배 알 굵기가 꼭 남정네의 거시기만 하고
문양도 얼추 비슷하게 생겼는데

이모는 그 집에서 평생을 홀로 사시며
돌배나무를 애지중지 보살피며 살았다는데

나이 드셔 돌배처럼 작아지신 이모가 돌아가시자
마을에서 제일 키가 컸던 그 돌배나무도
어느 해 돌연 목을 꺾고 자살을 했다는
전설 같은 이야기를
나 오늘날에야 들었는데
〉

사람이나 나무나 그예 외로움은
못 견디는 일인가 보네그려

재회
— 육십령 37

수십 가구였던 마을이
하나둘 비어갈 즈음에
부랑아처럼 고향으로 돌아온 사내

도인 같은 모습으로 혼자 살던 어느 날
꿈인 듯
꽃잎 하나 찾아와 피붙이라 했다네

날품으로 살거나
삐끼가 되어 밤을 휘젓던 시절에
마음보다 몸이 앞섰던 사랑
몸보다 마음으로 이루지 못했던 사랑

타관객지에서 가진 것 없어
차마 피우지 못하고 쉬이 져야만 했던 사랑

그 사연 하나 품고 환갑이 다 되도록
떠돌이로 살아온 그에게
〉

잊고 살았는데
삼십 년 만에 불현듯 찾아온 꽃은 또
꽃잎 하나 낳고도 여전히 고왔다네

빈집이 수십 가구인 마을이
꽃 사태로 향기가 넘쳐나던
일대 사건이었다네

젊은 이장님
— 육십령 38

뭐가 못마땅하신지
새파랗게 젊은 것이 버릇이 없다고
노발대발 핏대 세우는 강씨 할머니
팔순을 훨씬 넘기셨다

나이 일흔에
등 떠밀려 마을 일 맡아보는 이장님,
김 씨는 새파란 젊은 것이다

더 새파란 것들은 눈 씻고 봐도 없다

마을 어르신들 모두 팔순을 넘기셨으니
이만하면 장수하신 거다

자식들 모두 대처로 나간 지도 가물가물한 세월
아이들이라고는 몇 년째 구경도 못했다
들고양이가 대신 울음소리를 흉내낸다
〉

같이 늙어가는 처지에
새파란 놈이 된 이장 김 씨

나랏일 대신하느라 힘에 부치는지
어깨 축 쳐지는 일 늘어만 간다

이장의 연령대도 산처럼 높아만 간다

부녀회장님
— 육십령 39

한때는 껌 좀 씹었다는 도회지 여자
어찌어찌 만난 남편 사업 실패로 살림 거덜나고
이혼 위기 넘기려고 의기투합해 들어온 마을
서툰 농사일 대신 심부름이나 하자고 나섰단다

나 몰라라
아침 댓바람부터 집안 살림 팽개치고
씽씽- 바람처럼 마을을 누빈다

누구네 집 숟가락이 몇 개인지
누구네 집 염소가 언제 새끼를 낳을지
누구네 집 제삿날이 돌아오는지
자기네 집 가계부보다 더 잘 챙긴다

껌 씹던 입술에 주름이 잡히는 나이에도
연분홍 루즈를 짙게 바르고
눈썹 문신 파랗게 새기고 씽씽-
〉

남편보다
아랫도리 턱! 받쳐주는 오토바이가
찰떡궁합이란다

저실마을
— 육십령 40

외길이다
사람과 마주치면 대번에 정들겠다
타고 온 자동차도 뱀을 만난 듯 당황해했다

대처에서 몸도 마음도 다쳐 옛집에 들었다는
친구가 사는 마을

그는 소년처럼 웃었다
조금 일찍 주름이 든 얼굴은
세상에서 넘어졌다 일어나는 법을 잘 알고 있었다

삼겹살 같은 산으로 담장을 두르고
젓가락 같은 나무들로 정원을 꾸미고
공룡알 같은 항아리로 푸성귀를 담가놓았으니
구중궁궐이 부럽지 않겠다

지는 것이 이기는 것이라고 이르듯
아름드리나무들이 낮도깨비처럼

어깨에 방망이를 메고 달려드는

구불텅구불텅 굽은 산길을 따라 내리며
계곡물이 외롭다 외롭다고 소리쳤다

높고 깊은 산으로 위리안치된 집들
산안개를 눈물처럼 털어내고 사는
새 둥지 같은 마을

그가 도인처럼 먼저 웃었다

개울
— 육십령 41

누가 이 산골까지 와서 다 퍼갔나?

여름 내내 불알을 털렁거리며 텀벙대던 봇도랑 물

물새가 알을 품으며 내 몸을 훔쳐보던 곳

아버지가 지친 노동을 끝내고 야음을 틈타

시원하게 목욕하던 곳

그 많던 물이 이제는 들쥐 오줌처럼 흐른다

어느 도회지 놈이 이 골짜기까지 와서

펌프를 대고 죄다 빨아 갔나?

옛집
— 육십령 42

이엉을 얹은 집과 싸리나무로 성기게 엮은 삽짝문은 흔적 없고 양철 지붕을 얹은 파란 집과 낡은 철대문이 알은체한다

호박 넝쿨이 기어가며 벌들을 꽃가루로 노랗게 목욕시키던 돌담도 사라지고 대문 옆 가죽나무도 늙어서 죽고 시멘트 담장과 이름 낯선 문패만 바람에 흔들린다

저들도 세월을 버텼겠지
버티고 버티다가 새로운 주인에게 자리를 내줬겠지

돌아오지 않는 주인을 기다리던 집은 스스로 가슴뼈를 무너뜨리고 발목도 가늘어져 주저앉았겠지
종내는 가뭇없이 사라졌겠지

기웃대던 내 얼굴에도 불현듯
바람이
깊은 주름을 수없이 파놓고 사라진다

사과밭
— 육십령 43

구황작물을 찾던 군청에서
감자나 고구마 대신 신품종을 들였다
먹거리를 혁신하겠다던 군수님
공약사항이 적중했다
사람들은 금맥을 더듬듯
전답을 갈아엎고 사과나무 심었다
대를 이어 땅을 넘겨준 조상님들께
죄송해하지 않았다
노다지를 캐리라는 생각에 은덕을 잊었다
한 해, 두 해
갈아엎어지는 전답이 늘어나고
봄 되면 꽃피고 가을 되면 열매 맺었다
온 마을이 사과꽃 향기에 취해갔다
사람들이 사과 빛깔에 물들어갔다
하지만 어찌된 일인가
얼굴이 온통 붉게 익도록 농사일을 해도
흘린 땀 대비 수확은 뻔했다
능금빛 공약사항에

뼈 빠지게 투자한 마무리였다

배추를 묶으며
— 육십령 44

가을이
밭 모서리에 쪼그려 앉아
조각 볕을 쬐는 날
널브러진 팔을 가지런히 묶어준다
맨 바깥 잎은 엄마, 아빠의 팔
안쪽 몇 잎은 언니, 오빠의 팔
그 안쪽은 셋째, 넷째의 팔
식구들이 팔을 들어 겹겹이 감싸주자
막내가 포대기에 싸인 듯 중심에서 웃는다
따뜻한 표정, 막내는
이제 속이 꽉 차도록 자랄 것이다
찬바람 막아주고, 서릿발 대신 맞고
방패막이가 된 넓적한 팔들
양팔을 서로 걷고 체온을 모으는 혈족들
한 울타리 속에서
온 가족이 밥 먹고 사는 중이다
찬 기운 스며드는 땅속에 기둥 박고
팔이란 팔 죄다 벌리고 있던 배추 한 포기

가슴께를 단정히 매주자
신공법으로 지은
잘 생긴 집 같다

개망초꽃
— 육십령 45

작다고
뻐대가 없겠는가

번식력과 결집하는 힘을 보라

혼자서는 연약할 것 같지만
저렇게 마음 모으면
저렇게 몸 묶어 연대를 이루면
산야를 하얗게 불태울 수도 있다

크고 화려한 것들 제칠 수 있다

사람들이 제 아무리 홀대해도
돌아서면 배반을 밥 먹듯 해도
들판을 모질게 지키고 서서
세상을 향해
화해를 청하고 있지 않은가
〉

여리다고
피마저 뜨겁지 않다
하겠는가

* 개망초 꽃말: 화해.

4부

당산나무
— 육십령 46

한창 클 나이에 질통을 많이 져
등이 굽은 나처럼
저 당산나무 등도 굽어
집집을 내려다보며,
마을을 향해 귀 기울이고 산다
그 요란하던 때까치 소리도
밤 부엉이 소리도 다 듣고 살던
젊었던 몸도
가지가 하나, 둘 부러져 뼈대만 앙상하다
도회지를 떠돌다가
뒤늦게 여기까지 온
내 몸도 이제 뼈만 남겠지

월동越冬
— 육십령 47

김장을 거든답시고
서툰 솜씨로 무를 쓸다가
씀벅, 손가락을 도렸다
살점 한 뭉텅이 쓸려나갔다
나는 아프다고 핏대를 세워가며 투덜댔으나
왈, 주부들은 다반사라고 일축당했다
그깟 피 몇 방울 흘린다고 죽냐?
죽으면 썩어질 몸 뭐 그리 중하다고!
뒤통수를 치는 말에
나는 투정의 수위를 한층 높였지만
약발은 안 먹히고
내 주리만 심하게 틀리었다
저며진 손가락을 들여다보며
나는 종일 아프다고 떼를 쓰고
김장이 대수냐고 심통을 부린 하루
제풀에 지쳐 한숨 자고 일어나
재차 불편한 심기에 불을 댕기려는데
흠! 흠! 새살 돋는다는 연고와
하얗고 푹신한 붕대가 감겨 있었다

신작로
— 육십령 48

전기가 들지 않던 시절
그래서 가로등이 없는 길도
우리는 밝게 다녔다
어둠 속에서도
마실을 다니며 잘도 놀았다
어쩌다가 친구의 뒷모습을 놓칠라치면
하얀 차돌을 뭉텅이로 걷어찼다
그때마다
차르르 차르르
돌멩이가 구르며 빛을 밝혀주던
신작로
거기에서 우리는 가로수처럼 자랐다

품

— 육십령 49

산수유 노랗게 머리 염색하고
병꽃이 몸속에 붉은 향기 넣고 반기는,
태초의 뱃속 같은 여기서 살고 싶다
바람 많은 도회지에서 얻은 건 잡초뿐
정신 줄 놓고 견딜 만큼 견딘 터이다
철 지난 사랑도 잊고
철모르던 시절도 지우고
인연을 가차 없이 버리고 싶다
시들지 않는 사랑이 온전한 사랑이겠는가
시든 풀꽃도 꽃이다
아쉬움에 등 돌려 손 흔들 일 없을 테다
풀잎 하나 나무 한 그루도
저마다 살아가는 이유가 있고
바위 하나 짐승 한 마리도
제 몸 묻을 자리를 기억하는 여기에,
돌아온 까닭을 묻지도 않는 옛집에
불빛이 들고, 육십령에 달무리 피면
참숯처럼 검붉게 늙고 싶다
인생 작파하고 살다 죽고 싶다

명덕리
— 육십령 50

마을 몇이 엉켰다
팔 두르고 몸 엮었다

한때 누구는 형설지공을 했다지만
해마다 개똥벌레 한 움큼씩 날리며 사는
마을은 언제나 이마가 환하다

덕을 삼천 겁 쌓아도 얻을 수 없는 빛을
태곳적부터 품에 안고 살아왔다

이름하여 밝을 명에 큰 덕이라

먼 옛날 장군들이 말을 타고 영嶺을 넘다가
큰 소나무 밑 반석 위에서 쉬었다 가고

영을 넘어와 한양 가던 온갖 벌들이
여장을 풀고 하룻밤 풋사랑 맺고 갔다는
숲에는 여전히 꽃들이 지천이고
〉

과거 보러 가는 선비 괴나리봇짐에
지필묵을 보태주었다는 마을은
쳐다만 봐도 구면인 양 반갑다

산과 산이 젖을 짜 내려보내는 강물은
삼백 년 느티나무 밑을
혼자서도 흥얼대며 줄기차게 흐른다

마을과 마을 몇몇이 칡덩굴처럼 살아간다

* 명덕리: 원명덕, 반송, 양삼, 동명, 평지마을의 통칭.

휴休
— 육십령 51

산사에 들어 향불 피우니
떠난 사람 마음 보이네
스님은 동자승 앞세워 물 길러 가고
선잠 깬 고양이 게을리 기지개 켤 뿐
적막강산이다
산중턱에 걸터앉은 덕유사
지나가는 구름과 염불 연습 희희낙락
삼동을 견디는 풍경도 묵언수행 한창이네
계절을 한 매듭 묶고 푸는 바람
번잡한 바람 소리 데리고
새 소리도 먼 숲으로 마실 떠난 산사
법당 가득 향내 퍼지니
꿈결인 듯
옛사람 얼굴 해종일 연못에 떠 있네

정자나무
— 육십령 52

어떤 까닭으로 여기 서 있는가
한 곳에 몸 박고
수백 년 벌 받는 것일까
크고 둔탁한 몸집이 산더미 같구나

혹여,
조물주의 심경을 잘못 건드려
세상으로 쫓겨와 오도 가도 못 하고
아니면,
하느님의 재물이라도 훔친 것일까
딸내미를 집적거렸을까

천형을 받고
곤장을 맞았는지
관절마다 구멍투성이다
살갗도 나름대로 상처가 깊다

그래도 소임을 다하려는 듯
마을 어귀를 지키거나
계절이 오면 어김없이 잎사귀를 키워
사람들의
땀 젖은 몸을 식혀주는구나

대포바위
— 육십령 53

할미산 젖꼭지에 몸 걸쳤다
능청스럽게 뻔대고 서 있는 바위

포신과 바퀴를 산 아래
마을을 겨냥한 채 휴전 중이다

사내들은 대포라 하는데
아낙들은 속으로
빳빳한 자지와 불알 같다고 여길 것이다

사내들은 자지를 세우면 밤이나 낮이나
전쟁이 가능하다고,
아낙들은 막대기만 봐도 스르르 녹아내리는
연분홍 봄날을 생각했을 것이다

우리 부모님 그 시절 단칸방에서
자식을 일곱이나 낳은 걸 보면 다 안다
마을마다 집집마다 예닐곱은 기본이었지
〉

전쟁을 멈춘 지금은
애들 구경하기가
하늘에 별 따기인 연유를
할미산 할미귀신도 모르는 일이 되었다

문패
— 육십령 54

농촌에 농부의 마음을 심는다고
대서특필해대는 은행이
선심성으로 달아준 문패

남편 박명용, 부인 한설이
봐주는 사람 몇이나 될까 싶다

재작년 태풍 피해로 빌린 농자금을
그예 갚지 못해 저당 잡힌 집
문패는 대문도 없는 문지기가 되었다

식구들과 냄새를 피우며
삼 대째 살아온 집

문패는 한사코 주인임을 주장하지만
밀린 농자금 이자에 짓눌려
서까래가 허리를 잡고
휘청 휘청거린다

골목

— 육십령 55

빈집 가득한 마을
골목을 돌아가다 넘어졌다

해가 진 마을에는 어둠뿐이다

발길에 차이는 돌멩이를 감득하지 못하고
늙은 소처럼 넘어졌다

어둠 속에서도
아이들은 숨바꼭질을 잘도 하며 자랐고
이 골목을 따라 모두들 구름처럼 떠났다

계절 한때 유일하게 밤을 밝히던 반딧불이
더 이상 숨쉴 곳이 없다며
저 태어난 고향을 버리고 심심산골로 갔다

달빛이 대신 있었으나
마음의 불빛이 없어 자빠졌다

소 떼

— 육십령 56

인구 이 만에 소가 사 만이면
짐작이 가고도 남겠다

사람보다 소가 많은 군청 살림 뻔하다

이 소들이 동시에 발길질해댄다면
산골은 물론 읍내까지 고강도 지진 나겠다

육십령을 넘어 오일장 갈 때 가끔 등도 빌려주고
앞서가며 달구지를 끌어주던 누렁이들

대대로 저놈들은 뼈대 굵은 족속이었을 거다

이제 소는 많아도 용을 쓰며 논밭을 가는 놈들은 없고
살찌워 도축장으로 팔려 가는 녀석들만 있다

사람보다 우대받는 놈들은 큰 눈을 껌벅거리며
죽는 줄도 모르고 몸집을 불린다
〉

인구는 줄고 소는 늘어
이제는 군청 살림을 소들이 좌지우지하는 시대이다

폐광
— 육십령 57

할미산 명치끝을 후벼 파서 연필심 만드는 자갈 캐던 시절은 가고 사람도 더러는 죽고 기계들만 벌건 녹을 먹으며 살고 있다

알짜배기는 큰 손들이 가져가고 놀이터가 없던 우리들은 신작로에 가득 부려놓은 폐품 자갈에게 발길질을 해대며 자랐지

어른들은 폐 속에 돌가루를 묻히고 목구멍 때를 벗긴다며 돼지비계를 뭉텅이로 잡수시던 시절이었지

산중턱을 종일 오르내리며 크르릉대던 덤프트럭은 도회지를 향한 우리들의 유일한 희망이었고 검은 연기를 얼굴에 잔뜩 뱉어놓아도 좋아라 하며 꽁무니를 따라다녔지

지금은 아무도 거들떠보지 않는 깊은 구멍에서 박쥐들이 살림을 차리고 주인 행세를 하고 있다

〉

그래도
옛날에는 저 구멍이 수백 가호의 밥줄이던 때가 있었다

토막 돌담
— 육십령 58

사람들이 떠나자 돌담도 사라졌다

바람이 드나들며
집 안팎의 소식을 제일 먼저 전하던 돌담
다람쥐가 식솔들 식량을 숨겨두던 돌담
어두운 밤에도 길잡이가 되어주던 돌담이
토막만 남기고 무너져갔다

돌담 밑을 놀이터 삼아 땅 따먹기를 하며,
그늘에서 우리는 잘도 자랐다

민들레도 몇 포기 끌어안아주던 돌담
잘못 뿌리내린 패랭이꽃도 품어서 키웠던 돌담
층층이 몸을 포개고 오순도순 옛이야기도 들려주던 돌담

오랜 세월을 버티다가
끝내는 몸 허물고 어디론가 사라져갔다
〉

온 동네를 헤집고 놀다 사고를 치고
혼쭐날까 집으로 들지 못하던 때에도
어둠을 배경 삼아 동그라미를 그리며 함께 놀아주던 돌담
반듯하진 않으나 품이 넓어 기대기 좋았다

모두 떠나고 토막만 남은 돌담이
더 이상 무너지지 않으려고
담쟁이덩굴과 동맹을 맺고 있다

사라진 굴뚝
— 육십령 59

잦바듬한 자세로 백 년을 견뎠다
굴뚝새가 추위를 피해 들락거렸고
조석으로 집안 온기를 가늠해주었다
연기를 쳐다보고 끼니때를 알아차렸고
어머니는 소리 안 지르고도
식구들을 불러 모았다
늘 뒤꼍만을 고집하며
온몸에 연기를 검게 바르고
나무의 그림자를 잘도 흉내 내던 굴뚝,
제 몸을 그을려 조상들의 뜻을 이었다
방구들을 빠져나가는 내력을 막아서
지붕 위에 꽃을 피우고
스스로 몸 삭히며 무너져가던 굴뚝,
보일러가 들어섰고
가옥은 슬라브 지붕으로 변했다
지금은 기억조차 까맣다
나무 굴뚝!

살어리랏다
— 육십령 60

세 살 때
경기를 앓다 죽은
남동생이 묻힌 산 아래에 집터를 정하고
멀리 육십령 넘어가는 구름에
눈길을 얹는다

이 터가
내 무덤이 될 것이

해설

육십령 아래 가서 또다시 살어리랏다

이승하 (시인/중앙대 교수)

시인에게 고향은 어떤 의미가 있을까? 백석이 평안북도 정주 태생의 시인이 아니었다면 그의 시는 탄생하지 않았을 것이다. 우리는 '영랑' 하면 전남 강진을, '미당' 하면 전북 고창을 떠올린다. 고도(古都) 경주는 박목월과 김동리를 낳았다. 그 땅의 기운, 풍광과 풍습, 인심과 언어, 역사와 현재가 시인의 시를 살찌운 자양분이 되었다.

해설자 직장이 있는 경기도 안성은 지금까지도 기차와 전철이 들어가지 않는, 낙후되고 고립된 내륙의 도시다. 바로 옆에 자리 잡은 평택은 인구가 계속 늘고 있는 데 반해 안성은 인구도 줄고 있다. 바닷가에 위치한 평택은 서해안 개발 시대에 걸맞게 눈부시게 발전하고 있는데 안성은 예나 지금이나 발전의 기미를 느낄 수가 없다. 하지만 안성이 낳은 시인을 꼽아보자. 박두진 • 조병화 • 정진규 • 임홍재가 당장 떠오른다. 평택은? 금방 떠오르는 시인이 없다. 이 네 시인을 품고 있기에 안성은 시의 고장이라고 여겨지면서 동시에 친근감까지 느껴진다. 그만큼 시인에게 고향은 중요한 의미를 지닌다.

박일만 시인은 전북 장수군 육십령 아래서 태어났다. 육십령(六十嶺)은 경상남도 함양군 서상면과 전라북도 장수군 장계면 사이에 있는 고개다. 왜 이렇게 숫자가 달린 이름이 붙여졌는가 하면, 이 고개를 넘으려면 60명 이상이 무리를 지어 고개를 넘어야 도둑 떼를 피할 수 있다거나, 고갯길 60여 굽이가 구불구불 이어진대서 붙여진 이름이라고 한다. 유래가 조금 과장되었다 하더라도 그만큼 산세가 험하다는 뜻이다. 해발 734미터의 이 고개를 경계로 전라도와 경상도로 나뉜다. 근년에 대전~통영 간 고속도로가 건설되면서 육십령터널이 만들어졌고, 익산~포항을 잇는 고속도로도 개통되어 인근 장계면은 교통의 중심지가 되었다. 바로 이곳 장계면(옛 계내면)에서 나고 자란 박일만 시인은 네 번째 시집을 준비하면서 육십령 연작시 60편을 써보기로 했다. 이제 본인의 고향과 일가친척들, 친구들 이야기를 본격적으로 해볼 결심을 하고 시를 쓰기 시작했고, 마침내 그 뜻을 이루게 되었다. 시인의 말이 의미심장하게 들려온다.

내가 어렸을 때에는 마을이 여럿 있었고 사람들도 많이 살았다.
초등학교도 분교를 둘 정도로 융성했었다.
사람들은 화전을 일구거나 광부 일로 살았는데
산업화와 더불어 도시로 떠나고 지금은
전화번호부에 등재된 사람이 겨우 두세 가구일 정도이다.

그야말로 상전벽해가 된 것이다. 그래서 시인은 본인의 유년기와 성장기 때에 본 고향 마을의 이모저모를 기억에서 끄집어내어 복원시키기로 결심한 것이다. 더 이상 지체하면 기억에서도 사라질 일, 편편의 시를 마치 회상기를 쓰듯이 써나가면서 모든 시에 '육십령' 몇 번이라고 숫자를 제목이나 부제에 붙였다. 1번이 시집의 첫 번째 시이고 60번이 마지막 시이다.

큰 산과 작은 산이 어깨 겯고
몸을 바투 섞고 사는
덕유와 백운 사이
고라니와 산토끼가 주인이다

옛날에는 호랑이와 산적들이
이쪽과 산 너머 고을을 가로막고
세금을 톡톡히 챙겨 갔다는, 그래서
육십 명이 손잡고 넘었다는

이무기가 승천하듯
구불구불한 몸으로 오르는 등성이에서
뻐꾸기가 마을의 적막을 깬다
—「육십령 1」 앞의 3연

앞에서 말한 '60명 산적'의 이야기가 나온다. 그만큼 첩첩산골이었고 숲이 우거져 있었다는 말이다. 후반부에 가서 육십령의 의인화가 이루어진다. 이 시는 일종의 서시인데, "삶이라는 것이 / 가파른 고갯길을 수없이 오가는 거라며 / 인간들의 태생을 넌지시 일러주"는 육십령에 대해 시인은 이야기보따리를 풀기 시작한다. "자운영이 한창일 무렵이면 / 게으른 소를 앞세워 / 남의 논 써레질 품팔이를 하시던 아버지"(「육십령 2」)가 계셨는데 아버지는 물론 일가친척마저 많이 돌아가시고 마을은 텅 비어갔다.

사람들은 떠나고 더러는 죽어서 선산에 묻히고
마을은 텅 비어가는데
사람들의 이름을 기억하고 또 잊기도 하면서 살았는데
어느 날, '꽝' 소리 내며 굵고 짧게 쓰러졌다
죽어서도 못 떠날 고향에 몸을 묻었다
—「육십령 3」 부분

이농에 따른 농촌 공동화가 장수군만의 현상은 아니다.

시골에 가보면 거의 다 그렇다. 연로한 분들이 농사를 짓고 있고 그들의 자식들은 도시로 나가 살고 있다. 아기 울음소리나 아이들 노는 소리가 들리지 않는다. 낯선 사람이 마을에 들어서면 개 짖는 소리만 요란하다.

사람 없는 마을에서 개들이 짖습니다
몇 안 되는 사람들이 들일 나가고 나면
주인인 척 개들은 어깨에 힘이 들어가서
낯선 이가 들면 목이 터져라 고자질합니다
그러거나 말거나 무시해도 막무가내입니다
—「육십령 4」 부분

흡사 이 마을의 주인이 개 같다. 들일 나간 노인네는 개 짖는 소리를 듣고 외지인이 온 것을 안다. 어떤 날은 마을의 주인이 제비와 할미꽃, 개나리, 진달래로 바뀐다(「빛진 봄」). 유년기 기억 속의 고향 모습과 현재의 고향 모습이 이와 같은 식으로 현저히 다르다면 마음이 많이 아플 것이다. 그런데 참으로 이상하지 않은가. 1970년대 내내 박정희 대통령은 '새마을운동'이란 것을 펼쳤다. 이른바 '농촌 잘살기 운동'인데 그 결과 농촌이 잘살게 되었는가? 그렇지 않다. 농가마다 부채가 늘었고 농촌 인구가 줄었다. 도시 사람들과 소득 격차도 커졌다. 농촌에 살면 문화와 예술을 향유할 기회가 훨씬 적어지고 의료시설과 문화시설을 이용하기도 어려워진다. "끌어다 쓴 영농자금이 빚으로 쫓아다니고 / 넉넉지 않은 가세로 혼인 않고 살다가 / 십수 년을 건너 혼례를 치르시던 부모님"(「빚진 봄」)이란 시구만 보더라도 그 시절의 가난을 실감할 수 있다. 결혼식 비용을 마련할 수 없어서 10년 이상 같이 살다가 늦게 결혼식을 올린 경우가 이 한 집뿐일까.

이제 분위기가 좀 다른 시를 읽어볼까 한다. 편수가 그리 많지는 않지만 연애시가 몇 편 보인다. 박일만 시인은 평소 과묵한 사람인데 이런 시를 쓸 수 있다는 것이 놀랍다.

몰래 여자를 두고
밭 갈고 씨 뿌리고 싶은 날이다

제때 싹이 날지 모르게 삭은 몸이지만
그래도 한 번쯤은
지나온 인생여정 다 펼쳐놓고
무참히 불 지르고 싶은 날이다

싹이 돋으면 요행이겠으나
여의치 않더라도
더 늦지 않게 사랑 하나 몰래 두고
고목에 꽃피우고 싶은 날이다
—「묻지 마라, 봄」 부분

상상 속의 사랑인가, 아니면 현실적 사랑의 갈망과 예찬인가. 시인은 마지막인 듯한 열정적 사랑을 꿈꾸고 있다. “일생 동안 / 몇 번의 사랑은 훈장 같은 거 // 평생 동안 / 몇 번의 이별은 피딱지 같은 거”라는 구절에서 고개가 크게 끄덕여진다. 그러면서 시인은 “끓는 피에 한사코 / 장작불 때고 싶은 날”이라고 말한다. 「진달래」라는 시에서 대상이 된 것이 진달래인가? 그렇지 않다. 사람이다. 육십령 깊은 골짜기로 숨어들어 사랑을 나누며 살고 싶은 그녀는 도대체 누구일까?

춘삼월이면 온다

연분홍 저고리를 나풀거리며
눈썹 가늘게 그리고 온다

봄 한때
저 여자의 애인이 되고 싶다

아직은 나이 어려서
풀 향기 나는 젖가슴에 얼굴을 묻고
꽃가루를 듬뿍 묻혀도 좋겠다

왼종일 여자와 산속을 헤매고 싶다

동장군이 가실 무렵이면
영락없이 고개를 넘어 찾아온다

양지골 숲속에 숨겨두고
나 혼자만 몰래 만나고 싶다
—「진달래」 전문

진달래에 빗대어 노래한 시적 대상을 시인은「묻지 마라, 봄」에서와 마찬가지로 "숨겨두고 / 나 혼자만" 만나고 싶어 한다. 혹자는 시인의 이런 마음을 엉큼하다고 말할 수도 있겠지만 한 남자가 일생 동안 자기 아내 한 사람만 사랑하다가 죽으라는 명령은 성경의 10계명에만 나온다. "앞산 비둘기가 / 그늘에 앉아 짝을 찾으며 / 한 번만 하잖다"에서 시작하여 "저절로 손이 아랫도리로 간다"로 끝나는「꽃이 목매달기 좋은 날」 같은 시도 에로티시즘의 극치가 아니고 무엇인가. "사람은 드물다 / 인적 드문 마을에서 / 한 번만 한 번만 하잖다"는 말이 비둘기의 말이라고? 해설자는 그렇게 생각하지 않는다. 진달래나 비둘기는 비유의 대상일 뿐, 시인은 육십령 어디쯤에 가서 몰래 진한 사랑을 해볼 것을 꿈꾸고 있다. 하지만 그것은 꿈이기에 이렇게 시가 되지 않았을까. "갑장인 나랑 친구 먹자고 / 대뜸 악수를 청하는 여자"를 보자.

마을에 사람은 줄고, 땅값은 뛰고

사이비 단체가 마을 땅을 모조리 사들였다는

그래서
터를 잃고 고개를 비척비척 넘어 간 사람
산 그림자를 닮아 우직했던 사람 기다린단다

육십령 고개에 군청 땅 임대받아
휴게실 열고
구름 조각 얹어 커피 파는 여자
돌탑처럼 반듯한 여자
—「육십령 여자」 종반부

아아, 그녀는 장수군 어디에서 군청 땅을 임대받아 휴게실을 열고는 커피를 판다. 문제는 돌탑처럼 반듯하다는 것이다. 틈이 없다. 짝사랑으로 끝날 사랑이니 애석하다. 그런데 이번 시집에서 어느 한 여인의 초상화를 여러 번 그리는데 바로 어머니다. 시인이 술을 잘하게 된 연유를 구수한 입담으로 풀어낸 시에도 어머니가 나온다.

나를 낳으시고 어머니는
뱃구레가 하도 허전하여
막걸리를 담가두고 드셨다는데

그 젖을 먹고 자란 나는
불알에 털이 나기도 전부터

마을 당산굿판을 기웃거리며
술을 얻어 마셨는데

맛이 젖 맛인 거였다
—「젖 맛」 전반부

한창 젖이 나와야 할 때이니 만큼 잘 먹어야 하는데 먹을 것이 넉넉하지 않았던 그 시절, 어머니는 중참으로 막걸리를 드셨다. “그 젖을 먹고 자란 나는 / 불알에 털이 나기도 전부터 / 마을 당산굿판을 기웃거리며 / 술을 얻어 마셨으니” 일찌감치 취흥을 알게 되었다. 술의 알싸한 맛이 바로 젖 맛이었다. (언젠가 박 시인과 막걸리를 마셔봐야겠다.)

“보릿고개가 오면 어머니는 / 무밥을 자주 하셨지”(「무밥」)라고 한다. “시커먼 보리밥 위에 얹힌 / 잘게 썬 무는 / 흰 배추벌레 같았지”라고도 했는데 사실 이것은 설정이다. 보릿고개는 보리가 패기 전, 즉 먹을 것이 다 떨어진 시기를 가리키므로 “시커먼 보리밥”이라고 말하는 것은 시인의 상상력이 배고픔 쪽으로 크게 작용한 것이기 때문이다. 그 당시의 가난과 어머니의 자식 사랑을 충분히 느낄 수 있는 시다. 어머니는 평생 무언가를 부지런히 꿰매셨다. “자식들이 벌여놓은 사건을 꿰매고 / 잔소리하는 아버지 입을 꿰매고 / 터져 나오는 울분을 꿰매고 / 문틈으로 새어 나가는 살림 밑천을 꿰매고 / 행여 금갈세라 / 나이 든 자식들의 우애를 꿰매고…”(「봉합」) 하면서 한평생을 사셨다. 어머니의 일생은 가족을 위한 자기희생으로 일관된 것이었다.

꽃다운 시절부터
큰 상은 시부모와 남편, 작은 상은 시동생들,
어머니의 밥상은 따로 두지 않았다
몸 쪼그리고 앉아 먹던 울음밥
부엌과 방 사이를 닳도록 드나들면서
짱짱했던 허리도 활처럼 휘었다
여든이 넘어서도
고향 집을 지키시는 어머니
아버지가 생시에 심어놓은 나무만 꼿꼿하다
—「부뚜막」 전반부

이 한 편의 시에 어머니의 전 생애가 압축되어 있다. 시부모와 시동생, 남편과 여섯 자식을 늘 우선하는 삶을 영위한 이가 바로 시인의 어머니였다. 그 어머니가 눈 똥을 보고 쓴 시가 있다. 연로하신 어머니가 어느 날 깜박 잊고 변기의 물을 내리지 않아 시인은 어머니의 똥을 보게 되었다. “젊은 내 똥은 길쭉하나 / 모친은 동글동글했다”(「노모」). 동글동글한 똥을 보고 시인은 “닭이 알을 낳듯 / 애간장을 태우며 용을 쓰셨을 거”라고 생각한다. 한

평생 노심초사, 전전긍긍, 좌불안석의 삶이었던 것은 어머니가 건사해야만 했던 식구가 열 명이 넘었기 때문이다. 그런데 세월은 주변 사람들을 떠나게 했다. "대처에 사는 자식들 기다리시는 어머니"(「부뚜막」)는 "평생을 들어 사신 단칸방", "쪽창도 내지 않아 온통 벽뿐인 방"(「입관」)에서 사셨다. 그런데 해설자가 보기에는 이번 시집에서 제일 잘 묘사한 캐릭터는 어머니보다는 아버지다. 어머니는 보편적인 이 땅의 어머니 상인데, 아버지는 좀 특이하였다. 일단 "육이오동란 후유증으로 뒤죽박죽 사시다"보니 한글을 깨우치지 못하였다. 그래서 이런 일이 일어난다.

직장에 출근하면 영락없이 개가 되어
호적대로 살아간다
하지만 그것은 오류이다
까막눈이던 아버지가 마을 이장에게 간청하여
여섯 자식을 한꺼번에 출생신고를 한 덕분이다
아니 때문이다
나는 돼지인데 그때 개가 된 것이다
일자무식에 목구멍이 포도청이던 시절
오죽하면 대리 신고를 했으랴 싶지만
내 마음 속에는 늘 돼지가 거주했다
직장에서는 어쩔 수 없이 개로 살지만
집에 오면 부모님의 귀여운 돼지 새끼다
—「띠」 부분

마을 이장에게 부탁하여 육 남매를 한꺼번에 출생 신고하는 과정에서 화자는 돼지띠인데 개띠로 신고가 되어 평생 개띠로 살아가게 된다. "오류투성이인 내 삶과 생년이 뒤바뀐 이 사건은 / 숫제 대한민국의 역사적 오류"라고 말하면서 마음을 달랜다. 아버지는 주로 "남의 논 써레질 품팔이를"(「육십령 2」) 하며 살았다. 피난민으로 "평안남도 강서군 증산면 반룡리 2구 박창희 씨 댁"을 뇌리에 담고 살아온 아버지로서는 한국전쟁 이후 지금까지의 생이 타향살이였던 것이다. 시인은 아버지를 '늙은 거북'으로 묘사하기도 하고 '젖은 낙엽'으로 묘사하기도 한다. 노년에 들어서서 밥 한 공기도 뚝딱 드시지 못하는 아버지에 대한 진한 연민이 느껴진다.

시집의 제 3, 4부에는 친인척들 이야기가 많이 나온다. 양봉을 하던 외할아버지가 돌아가시자 벌들도 모두 산으로 갔다는 「벌통」은 실은 공해가 심해졌음을 암시한다. 이모가 돌아가시자 돌배나무가 죽었다는 이야기, 큰고모가 돌아가시자 상사화도 사라졌다는 이야기도 금석지감을 느끼게 한다. 고향 마을이 예전과 달라진 점을 말하면서 시인은 쓸쓸한 감회에 사로잡힌다. 마을 사람들 이야기도 한다. 나이가 이제 일흔인데 여기서는 '젊은 이장님'으로 통한다고 한다. 마을 어르신들이 모두 팔순을 넘겼기 때문이다. "한때는 껌 좀 씹었다는 도회지 여자"가 부녀회장이 되어 오토바이를 타고 다닌다.

실패한 농정(農政)에 대해 비판한 시도 나온다. 군수가 먹거리를 혁신하겠다고 감자나 고구마 대신 사과나무를 심게 한다. “얼굴이 온통 붉게 익도록 농사일을 해도 / 흘린 땀 대비 수확은 뻔했”(「사과밭」)던 모양이다. “태풍 피해로 빌린 농자금” 때문에 집을 잃은 부부 이야기도 나온다.

재작년 태풍 피해로 빌린 농자금을
그예 갚지 못해 저당 잡힌 집
문패는 대문도 없는 문지기가 되었다

식구들과 냄새를 피우며
삼 대째 살아온 집

문패는 한사코 주인임을 주장하지만
밀린 농자금 이자에 짓눌려
서까래가 허리를 잡고
휘청 휘청거린다
—「문패」 부분

이런 시를 보면 정부의 정책적인 배려가 없어서 이농이 이루어진 경우가 있었음을 알 수 있다. “인구 이 만에 소가 사 만”이라고 한 「소 떼」라는 시에는 “이제는 군청 살림을 소들이 좌지우지하는 시대이다”라는 구절이 보이는데, 원인에 대한 진단은 없지만 미루어 짐작할 수는 있다.

할미산이 한때는 광산업의 기지였는데 지금은 폐광이다. 시인의 고향인 육십령 마을의 낙후는 광산업의 사양화가 한몫했음을 말해주고 있다.

할미산 명치끝을 후벼 파서 연필심 만드는 자갈 캐던 시절은 가고 사람도 더러는 죽고 기계들만 벌건 녹을 먹으며 살고 있다

알짜배기는 큰 손들이 가져가고 놀이터가 없던 우리들은 신작로에 가득 부려놓은 폐품 자갈에게 발길질을 해대며 자랐지

어른들은 폐 속에 돌가루를 묻히고 목구멍 때를 벗긴다며 돼지비계를 뭉텅이로 잡수시던 시절이었지
—「폐광」 부분

광산이 강원도에만 있는 줄 알았는데 육십령 쪽에도 있었던 것이다. 광산이 있으면 마을도 번창하고 돈도 돌게 마련인데 이제는 과거지사다. 이래저래 장수군은 인구 유입의 요인들이 다 사라지고 말았다. 사라지고 만 것은 이것만이 아니다. 개울, 나무 굴뚝, 당산나무, 정자나무, 돌담……. 세월은 뽕나무밭도 푸른 바다로 만든다고 하여 '상전벽해(桑田碧海)'라고 하는데, 이 고사성어는 중국 진나라의 갈홍(葛洪, 283~343)이 쓴 『신선전』이라는 책에 나온다. 출향하여 도시에서 살고 있는 박일만 시인은 훗날 「귀거래사」를 부를 것인가? 지금 시인의 마음은 이렇다.

시든 풀꽃도 꽃이다
아쉬움에 등 돌려 손 흔들 일 없을 테다
풀잎 하나 나무 한 그루도
저마다 살아가는 이유가 있고
바위 하나 짐승 한 마리도
제 몸 묻을 자리를 기억하는 여기에,
돌아온 까닭을 묻지도 않는 옛집에
불빛이 들고, 육십령에 달무리 피면
참숯처럼 검붉게 늙고 싶다
인생 작파하고 살다 죽고 싶다
—「품」 부분

이 시의 주제는 '수구초심(首丘初心)'이다. 여우는 죽을 때 여우 굴이 있던 구릉을 향해 머리를 둔다고 한다. 자신의 근본을 잊지 않거나 죽어서라도 고향 땅에 묻히고 싶어 하는 마음을 비유한 말이다. 시인은 옛집에 불빛이 들고 육십령에 달무리가 피면 인생 작파하고 (그곳에 내려가) 살다 죽고 싶다고 한다. 꿈은 「귀거래사」를 부르는 것인데 과연 어찌될지. 끝부분에 놓은 시를 보자.

세 살 때
경기를 앓다 죽은
남동생이 묻힌 산 아래에 집터를 정하고

멀리 육십령 넘어가는 구름에
눈길을 얹는다

이 터가
내 무덤이 될 것이다
—「살어리랏다」 전문

반드시 내려가서 살겠다고 선언한 것은 아니지만 지금의 소망은 남동생이 묻혀 있는 그곳 육십령 고개 아래에 집터를 정하고 사는 것이다. 나이가 들어서까지 교통 복잡하고 사람 많은 도회지에서 살고 싶은 마음은 없는 것이다. 그래서 「살어리랏다」를 마지막 시로 정한 것이고 시집의 제목으로까지 정한 것이리라. 이 말은 애당초 삶의 고뇌와 비애를 담은 고려가요 「청산별곡」에 나오는 것이다. "살어리 살어리랏다 청산에 살어리랏다 멀위랑 다래랑 먹고 청산에 살어리랏다"로 시작되는 고려가요에서 제목을 따온 것은, 자신의 귀향 의지를 피력한 것으로 볼 수 있다.

해설에서 직접 예시하지는 않았지만 "방직공장으로 돈 벌러 간 나이 어린 누나"(「빗진 봄」)도 있고 "구순까지 수절하다 돌아가신 큰이모"(「산골散骨」)도 있다. "늘그막에 홀몸으로 귀향해 사는 친구"(「꽃이 목매달기 좋은 날」)도 나오고, "키우는 소가 친척보다 많다는 친구"(「수구초심」)도 나온다. 부모형제와 일가친척과 친구들에 대한 회상과 고향 마을 이곳저곳에 대한 추억이 시가 되고 시집이 된 이유가 분명하다.

도회지에서 바삐 사는 동안에는 고향을 영혼의 안식처로 생각하지 못했을지 모르겠으나 지금은 사정이 달라졌다. 살아오는 동안 세상은 많이 변했으나, 자신이 태어나고 자란 본향이 더욱 그립고, 여러 상징을 거느린 공간으로 다가온다. 그곳을 떠나왔으나 마음은 언제나 불원천리, 고향이 설사 북만주만큼 먼 곳이라 할지라도 박일만 시인에게 고향은 언젠가 꼭 돌아가고 싶은 곳이다. 그래서 박일만 시인은 그야말로 수구초심의 심정으로 귀거래사를 부를 준비를 단단히 한 것으로 보인다.

이제 우리는 전북 장수군 혹은 육십령 하면 박일만 시인을 떠올리게 되었다. 장수가 낳은 박일만 시인이 펼칠 다음 시세계가 기대된다.

살어리랏다

1판 1쇄 발행　　2021년 10월 30일

지은이　　박일만
발행인　　윤미소
발행처　　(주)달아실출판사

책임편집　　박제영
디자인　　전형근
마케팅　　배상휘
법률자문　　김용진

주소　　강원도 춘천시 춘천로 257, 2층
전화　　033-241-7661
팩스　　033-241-7662
이메일　　dalasilmoongo@naver.com
출판등록　　2016년 12월 30일 제494호

ISBN 979-11-91668-19-3 03810